A beleza do marido

um ensaio ficcional em 29 tangos

ANNE CARSON

A beleza do marido

um ensaio ficcional em 29 tangos

Tradução Emanuela Siqueira e Julia Raiz

© Anne Carson, 2001
© desta edição, Bazar do Tempo, 2024

Título original: *The beauty of the husband: a fictional essay in 29 tangos*

Todos os direitos reservados e protegidos pela lei n. 9610, de 12.2.1998.

Proibida a reprodução total ou parcial sem a expressa anuência da editora.

Este livro foi revisado segundo o Acordo Ortográfico da Língua Portuguesa de 1990, em vigor no Brasil desde 2009.

Edição **Ana Cecilia Impellizieri Martins**
Coordenação editorial **Meira Santana**
Assistente editorial **Olivia Lober**
Tradução **Emanuela Siqueira e Julia Raiz**
Copidesque **Taís Bravo**
Revisão **Gabrielly Alice da Silva**
Capa e projeto gráfico **Luciana Facchini**
Imagem de capa **Elisa Carareto, Sem título, 2024**

CIP-BRASIL. CATALOGAÇÃO NA PUBLICAÇÃO
SINDICATO NACIONAL DOS EDITORES DE LIVROS, RJ

C314b
Carson, Anne, 1950
A beleza do marido: um ensaio ficcional em 29 tangos / Anne Carson; tradução Emanuela Siqueira, Julia Raiz.
1. ed. - Rio de Janeiro: Bazar do Tempo, 2024.
168 p.; 21 cm.

Tradução de: The beauty of the husband: a fictional essay in 29 tangos
ISBN 978-65-84515-79-6

1. Casamento – Poesia canadense. 2. Ensaios literários.
I. Siqueira, Emanuela. II. Raiz, Julia. III. Título.

24-88214   CDD: 819.11
                   CDU: 82-1(71)

Gabriela Faray Ferreira Lopes – Bibliotecária – CRB-7/6643

Nós reconhecemos o apoio do Canada Council for the Arts para esta tradução.

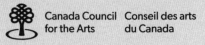

Rua General Dionísio, 53 - Humaitá
22271-050   Rio de Janeiro - RJ
contato@bazardotempo.com.br
www.bazardotempo.com.br

SUMÁRIO

Nota das tradutoras 9

I. EU DEDICO ESTE LIVRO A KEATS (FOI VOCÊ QUEM ME CONTOU QUE KEATS ERA MÉDICO?) COM BASE NA IDEIA DE QUE UMA DEDICATÓRIA TEM QUE SER DEFEITUOSA PARA QUE O LIVRO SE MANTENHA LIVRE E PELA AMPLA RENDIÇÃO DO AUTOR À BELEZA 17

II. MAS UMA DEDICATÓRIA SÓ É EXITOSA SE FOR PERFORMADA DIANTE DE TESTEMUNHAS – É UMA RENDIÇÃO ESSENCIALMENTE PÚBLICA COMO É PADRÃO NAS BATALHAS 21

III. E POR FIM UMA BOA DEDICATÓRIA É INDIRETA (OUVIDA SEM QUERER, POR AÍ, ETC.) COMO SE "LA DONNA È MOBILE" DE VERDI FOSSE UM POEMA RISCADO NO VIDRO 27

IV. ELE ELA NÓS ELES ELAS VOCÊS VOCÊ VOCÊ VOCÊ EU DELA LOGO OS PRONOMES COMEÇAM UMA DANÇA CHAMADA LAVAÇÃO CUJO NOME DERIVA DE UM FATO ALQUÍMICO QUE DIZ QUE DEPOIS DE UMA LIGEIRA CALMARIA HÁ UMA LIGEIRA AGITAÇÃO DEPOIS DE UMA LONGA CALMARIA HÁ UMA LONGA AGITAÇÃO 33

V. AQUI ESTÁ A MINHA PROPAGANDA UM ÚNICO UNO UM EM COMUNHÃONA SUA TESTA COMO GOTAS DE PECADO LUMINOSO 37

VI. PARA LIMPAR SEUS CASCOS AQUI ESTÁ UMA DANÇA EM HOMENAGEM À UVA QUE AO LONGO DA HISTÓRIA TEM SIDO UM SÍMBOLO DE FARRA E ALEGRIA SEM MENCIONAR UMA ANALOGIA À NOIVA COMO UMA FLOR NÃO PODADA 43

VII. MAS PARA HONRAR A VERDADE QUE É SUAVE DIVINA E VIVE ENTRE OS DEUSES NÓS DEVEMOS (COM PLATÃO) DANÇAR A MENTIRA QUE VIVE LÁ EMBAIXO ENTRE A MASSA DE HOMENS QUE SÃO TÃO TRÁGICOS QUANTO RÚSTICOS 47

VIII. ERA APENAS UMA LAVAÇÃO DE ROUPA SUJA DE NOITE AS VOGAIS
ESTALANDO NO VARAL QUANDO A MÃE DISSE QUE SOM É ESSE 51

IX. MAS QUE PALAVRA FOI AQUELA 55

X. A DANÇA DO ENVELOPE DA WESTERN UNION O JEITO QUE O CORAÇÃO
SALTA MAIS ÁVIDO DO QUE PLANTA OU FERA 59

XI. FAÇA OS CORTES OBEDECENDO AS ARTICULAÇÕES VIVAS DA FORMA
DISSE SÓCRATES A FEDRO ENQUANTO DISSECAVAM UM DISCURSO
SOBRE AMOR 63

XII. AQUI FICA NOSSO NEGÓCIO LIMPO AGORA VAMOS SEGUIR
PELO CORREDOR ATÉ A SALA ESCURA ONDE EU GANHO MEU
DINHEIRO DE VERDADE 67

XIII. É UMA MONOTIPIA DE DEGAS QUE MOSTRA A CABEÇA DE UMA
MULHER VISTA DE TRÁS CHAMADA *O BRINCO JET* 71

XIV. TATEANDO PARA CALCULAR AS DIMENSÕES A PRINCÍPIO VOCÊ ACHA QUE
É PEDRA DEPOIS TINTA OU ÁGUA PRETA ONDE A MÃO MERGULHA DEPOIS
UMA TIGELA DE OUTRO LUGAR DE ONDE VOCÊ PUXA NÃO TEM MAIS MÃO 75

XV. ANTILÓGICA É A DANÇA DO CÃO NO INFERNO FELIZ POR PODER COMER
QUALQUER COMIDA QUE APAREÇA MAS NÃO DIZEM A MESMA COISA DO
CÃO NO CÉU 79

XVI. O DETALHE COMO UMA SITUAÇÃO RETICENTE 83

XVII. ÀS VEZES POR CIMA DAS GROSSAS E PALPÁVEIS COISAS DESTA
ESFERA DIURNA ESCREVEU KEATS (NÃO ERA MÉDICO MAS DANÇAVA COMO
UM BOTICÁRIO) QUE TAMBÉM RECOMENDOU FORTALECER O INTELECTO
PENSANDO SOBRE O NADA 87

XVIII. COMO VOCÊ VÊ ISSO COMO UM QUARTO OU UMA ESPONJA OU UM
BRAÇO DESCUIDADO QUE APAGA POR ENGANO METADE DA LOUSA OU UMA
MARCA DE VINHO SELADA NAS GARRAFAS DAS NOSSAS MENTES QUAL É A
NATUREZA DA DANÇA CHAMADA MEMÓRIA 93

XIX. UMA CONVERSA ENTRE IGUAIS DA QUAL NADA É MAIS DIFÍCIL DE CONSEGUIR NESTE MUNDO QUE UM *HABEAS CORPUS* COMO (DIZ KEATS) NÓS NÃO TEMOS MAIS NENHUM ESPANTO CURIOSIDADE OU MEDO 97

XX. E ASSIM A PORTA DO CORREDOR SE FECHA NOVAMENTE E TODO BARULHO DESAPARECE 103

XXI. VOCÊ JÁ SONHOU UM PRECÁRIO TRIBUNAL DE FALÊNCIA ENGANADO E PERDIDO DE PEQUENOS BURACOS TERRÍVEIS ESPALHADOS POR TUDO O QUE ESSES SONHOS SIGNIFICAM? 107

XXII. *HOMO LUDENS* 111

XXIII. QUÃO RICO UM POBRE PRAZER PARA UM POBRE HOMEM 121

XXIV. E AJOELHADA À BEIRA DO MAR TRANSPARENTE MOLDAREI PARA MIM UM NOVO CORAÇÃO DE SAL E LAMA 127

XXV. TANGO TRISTE SEVERO DANÇA DO AMOR E MORTE DANÇA DA NOITE E HOMENS DANÇA DA COZINHA ESCURA DA POBREZA DO DESEJO 131

XXVI. COM UM ESPÍRITO DE REVELAÇÃO DESINIBIDA OU COMO KEATS DIRIA COSTURANDO SUAS GARGANTAS ÀS FOLHAS ALGO PARA PASSAR O TEMPO 139

XXVII. MARIDO: EU SOU 145

XXVIII. HÁ QUEM CHAME DE AMOR LEIA O RECORTE DE JORNAL ENCENANDO PARA CITAR (PELA ÚLTIMA VEZ) KEATS *UMA REVERÊNCIA DESAJEITADA* 151

XXIX. IMPURA COMO SOU (MANCHAS DE COMIDA E VERGONHA E TUDO MAIS) ASSIM TAMBÉM SÃO MINHAS CONCLUSÕES QUE NA PORTA SENTEM SEU CHEIRO E HESITAM 157

MARIDO: EXERCÍCIO FINAL DE CAMPO RECORTE OS TRÊS RETÂNGULOS E OS REORGANIZE PARA QUE OS DOIS COMANDANTES ESTEJAM MONTADOS NOS DOIS CAVALOS 163

Referências 165

Nota das tradutoras

Dançar um tango até o fim.
Dançar um casamento até o fim.
Dançar uma tradução até o fim.
Como podem duas tradutoras dançarem juntas? É possível cocriar coreografias? Que espaço toma o improviso na dança-tradução? Como dançar&traduzir em dupla balança os limites entre conduzir e ser conduzida?
Segundo a lógica do tango argentino, duas mulheres não podem dançar juntas. Mas Anne Carson não se importa e nos dá o aval (o *cabeceo*) para essa dança. Ela quer sustentar a beleza e fazer a esposa, antes conduzida pela milonga-casamento, assumir um papel ativo no tango.
Quem conduz a beleza? Quem conduz aqui a dança da entrega?
Essa tradução é um caso de amor com o traduzir. E toda tradução termina, o que continua é a tentativa de manter a beleza.
Com as possibilidades de dar um passo e esperar que a companheira faça o mesmo, nosso procedimento espelha a dança: cada uma traduziu um tango, criando e ensaiando a sua própria coreografia. E depois retraduzimos tudo juntas em voz alta, reapresentando o livro uma para outra, acertando o passo em um ensaio geral. Dançar é sempre um risco, exige confiança. E o tango é uma encenação sobre condução.
Uma das lições mais curiosas que essa escolha de procedimento nos trouxe foi: é chato dançar sozinha, sobretudo um

tango. Uma parceira precisa da outra. Como o livro precisa da perspectiva da esposa e do marido, das memórias boas emboladas com as dolorosas. A tradução esteve bastante atenta a como esse atravessamento vaza para os pronomes: que pessoa é *ela* que pessoa é *ele* que pessoas são *nós*. Algumas vezes é impossível saber o que é pergunta, o que é resposta. Isso também faz parte da dança.

E isso nos faz pensar que A *beleza do marido* é uma elaboração em forma de ensaio ficcional do que Anne Carson estava teorizando em *Eros, o doce-amargo*. Os passos deslizantes entre Eros e a Escrita. As cartas de amor, o alfabeto, a aula de latim, as bordas, os limites, o gelo derretendo, rei Midas com seu toque triste de ouro, tentar dar-se a ver o tempo. Tudo reaparece aqui, como se os quinze anos que separam os dois livros fossem necessários para Carson aprender a dançar o tango e elaborar a sua própria triangulação erótica, em movimento.

Mas o que são quinze anos diante de uma obsessão? Diante de uma equação antiga:

Se BELEZA = VERDADE

BELEZA do marido = VERDADE do marido

Aqui, em vez de Safo temos Keats, aquele jovem poeta que morreu de tuberculose aos 25 anos e escreveu cartas um tanto piegas para Fanny Brawne, a vizinha que despertou nele uma paixão missivista. Foi Keats que disse: "Beleza é verdade, verdadeira beleza." Talvez ele não tenha dito exatamente dessa maneira (quem disse foi uma urna grega) mas assim, também, é o jeito de Anne Carson começar cada tango com fragmentos, bem moidinhos e picotados, dos versos do poeta. É esperada a verdade das tradutoras? Do marido, com suas cartas e promessas exageradas? Da esposa, figura de muitas voltas, que conta as mentiras como se fossem fofocas?

A tradução seguiu a confusão entre o que é verdade ou mentira neste mundo de adultério, codependência, casamento, amor, tortura. Não é à toa que aparece no livro um filme brasileiro com torturadores (*eles se dizem generais*). O Brasil também aparece como cenário de uma carta encenada sobre relações que entram em combustão.

Contudo, mais do que na diluição entre verdade e mentira, sentimos que a força do livro também está no cafona. O cafona que é o lugar entre o clichê e a catástrofe. Um lugar do meio onde falar da beleza é possível. A tradução precisou criar o lugar da "cafonice" assim como eram as letras de pagode fazendo o instrumental de Eros soprando.

Há como falar de amor sem ser cafona? Como as tradutoras dançam a dramaticidade do exagero das letras de tango que vão do amor apaixonado, da saudade até a violência física, como se estivessem brincando e não sendo conduzidas?

A *beleza do marido* faz jus aos exageros. O marido que é o mais cafona dos escritores de cartas. Ladrão de cadernos espiralados. O muso às avessas (na esteira de Tamara Kamenszain em *Garotas em tempos suspensos*, traduzido pela Paloma Vidal), bonito e cafona, bonito e embosqueiro, bonito e poeta meia-boca. Bonito e amado apenas por sua beleza. É excessivo mesmo, é dramático, é tango *for God's sake!*

O marido rouba o poema "Sobre defloração" e publica com o nome dele. Esse é apenas um dos passos rasteiros, com o pé rente ao chão deslizante, que encontramos nesse livro. Além das falas curtas, das coisas não ditas, das palavras ouvidas do outro lado do telefone, os ruídos, os murmúrios. Traduzir com a orelha colada na parede deste mundo de desconfianças.

Foi um desafio trabalhar um livro que é a junção da liberdade criativa do ensaio ficcional (Carson diz que usa "ensaio ficcional" porque ninguém sabe bem o que é, ou seja, nele vale tudo) e uma coreografia altamente estruturada. Improviso e rigidez: tudo que pode definir um tango *em* tradução.

Traduzir um livro sobre amar exige saber seduzir. Como tradutoras, precisamos conquistar quem está lendo para que as ligações, mensagens, cartas de amor o/a conquistem também. Somente assim o relacionamento com o texto continuará a ser desejado. É preciso saber dosar o tom casual e os tons inflamados das conversas com as palavras que parecem ter sido tiradas de dicionários antigos.

Traduzir este livro sobre amar é trabalhar com o tesão soprado por Eros que gera quase imediatamente vergonha por esse desejo doloroso, o desespero da armadilha. Anne Carson é hábil na contaminação. Sentimos o que a narradora está sentindo e nos aproximamos da posição insustentável que ela tenta sustentar, apaixonada pela beleza de um marido. Para isso, não é preciso nunca ter amado um marido, mas é preciso já ter amado uma beleza.

EMANUELA SIQUEIRA E JULIA RAIZ

---

* A edição brasileira de *A beleza do marido* respeita a pontuação e a formatação do original, seguindo as opções das tradutoras em manter o jogo de linguagem próprio de Anne Carson. **(Nota da editora)**

mais
Maus motivos para sua tristeza, como se vê
Nas famosas memórias de mil anos a saber
Escritas pelo Artesão

JOHN KEATS,
"The Jealousies: A Faery Tale,
by Lucy Vaughan Lloyd of China Walk,
Lambeth", versos 84-87

I. EU DEDICO ESTE LIVRO A KEATS (FOI VOCÊ QUEM ME CONTOU QUE KEATS ERA MÉDICO?) COM BASE NA IDEIA DE QUE UMA DEDICATÓRIA TEM QUE SER DEFEITUOSA PARA QUE O LIVRO SE MANTENHA LIVRE E PELA AMPLA RENDIÇÃO DO AUTOR À BELEZA

Uma ferida emite luz própria
dizem os cirurgiões.
Se todas as lâmpadas da casa fossem apagadas
você poderia fazer um curativo nessa ferida
usando a luz que dela brilha.

Cara pessoa que me lê ofereço apenas uma analogia.

Um atraso.

"Use atraso em vez de imagem ou pintura —
um atraso em vidro
do mesmo jeito que dizem um poema em prosa ou uma
escarradeira em prata."
Como Duchamp
de *A noiva despida por seus celibatários, mesmo*

que quebrou em oito pedaços em trânsito entre o Museu do Brooklyn

e Connecticut (1912).

O que está sendo atrasado?
O casamento parece.
Meu marido o chamava de lugar oscilante.
Veja como a palavra
brilha.

A escolhida, soube que é uma das joias de Hymen,
E você irá laureá-la, senhora, não duvido,
Muito além dos prazeres do passado e dos vindouros.

JOHN KEATS,
Otho the Great: A Tragedy in Five Acts, 1.1.137-139

II. MAS UMA DEDICATÓRIA SÓ É EXITOSA SE FOR PERFORMADA DIANTE DE TESTEMUNHAS – É UMA RENDIÇÃO ESSENCIALMENTE PÚBLICA COMO É PADRÃO NAS BATALHAS

Sabe eu fui casada anos atrás e quando meu marido foi embora
levou meus cadernos.
Cadernos de espiral.
Sabe aquele verbo bacana ardiloso *escrever*. Ele gostava de
escrever, desgostava de
começar
sozinho cada ideia.
Usava meus começos para vários fins, por exemplo em um bolso
encontrei uma carta começada
(para a amante da época)
com uma frase que copiei de Homero: 'εντροπαλιζομένη é como
Homero diz
Andrômaca saiu
depois de deixar Heitor – "muitas vezes virando para olhar para trás"
ela foi
descendo da torre de Troia pelas ruas de pedra até a casa
do seu marido fiel
e lá com as mulheres dentro dos salões do marido elevou um
lamento para um homem vivo.
Fiel a nada
meu marido. Então por que o amei desde mocinha até a maturidade
e os papéis do divórcio chegaram pelo correio?
Beleza. Não é nenhum grande segredo. Não tenho vergonha de
dizer que o amei por sua beleza.
Como eu amaria de novo
se ele se aproximasse. Beleza convence. Você sabe a beleza faz o
sexo ser possível.

A beleza faz do sexo sexo.
Você se qualquer um entender isso – shhh, vamos seguir

para situações naturais.
Outras espécies, não venenosas, costumam ter colorações e padrões
similares a espécies venenosas.
Essa imitação que uma espécie não venenosa faz de uma venenosa é chamada de *mimetismo*.
Meu marido não era mímico.
Você vai mencionar com certeza os jogos de guerra. Eu sempre reclamava pra você
quando eles ficavam aqui a noite toda
com os tabuleiros espalhados e os tapetes e as pequenas luminárias
e os cigarros parecia que imitando a tenda de Napoleão,
quem conseguiria dormir? No final das contas meu marido era um homem que conhecia mais
sobre a Batalha de Borodino
do que sobre o corpo da própria esposa, muito mais! Tensões brotavam das paredes
ao longo do teto,
às vezes jogavam de sexta à noite até segunda de manhã direto, ele e
os amigos pálidos raivosos.
Suavam demais. Comiam carne dos países que apareciam no jogo.
O ciúme
não ocupou uma parte pequena do meu relacionamento com a Batalha de Borodino.

Eu odeio.

Sério.
Por que jogar a noite toda.
O tempo é real.
É um jogo.
É um jogo real.
Isso é uma citação.
Vem cá.
Não.
Preciso te tocar.
Não.
Sim.

Naquela noite fizemos amor "de verdade" o que não tínhamos
tentado antes
apesar de casados há seis meses.
Um grande mistério. Ninguém sabia onde colocar a perna e até
hoje eu não tenho certeza
se acertamos.
Ele parecia feliz. Você é como Veneza ele disse de um jeito
bonito.
Na manhã do dia seguinte
escrevi uma fala curta ("Sobre defloração") que ele roubou e
publicou
em uma pequena revista trimestral.
No geral esse tipo de interação era comum entre nós.
Ou melhor dizendo ideal.
Nenhum de nós dois conhecia Veneza.

Você retornará, Príncipe, ao nosso banquete?

JOHN KEATS,
Otho the Great: A Tragedy in Five Acts, 1.2.152

III. E POR FIM UMA BOA DEDICATÓRIA É INDIRETA (OUVIDA SEM QUERER, POR AÍ, ETC.) COMO SE "LA DONNA È MOBILE" DE VERDI FOSSE UM POEMA RISCADO NO VIDRO

A amante dele na época – aliás, para ele a própria ideia de "amante"– era francesa.
Seus amigos me contaram que ela não se lavava e nos bares tinha o costume
de pedir litros de champanhe na conta dele.
Consigo imaginar como ele franzia a testa, xingava, suspirava, levantava as mãos pro alto adorando tudo.
Ele me levou para ver um filme sobre uma livraria em Paris cujo dono gostava que sua atendente
trepasse na escada para alcançar um livro enquanto ele escorregava a mão pela perna dela.
Só isso – uma mão, momentânea. O rubor no rosto dela esquenta o cinema.
Toda vez que ele dizia Sobe, ela ia.

Como uma pessoa consegue ter poder sobre a outra ele disse com surpresa enquanto saímos
pra rua. Os hematomas também o interessavam.
Eu não conseguia suprir essa necessidade,

ouvi dizer que ela conseguia. Eu mencionei a limpeza porque fiquei me perguntando
por que na interpretação que ele fazia das coisas nada disso parecia sujo.
Para ele nada disso era orgástico,
seu impulso – analítico, pode-se dizer, como se descobrisse um novo cristal.

A inocência é apenas um dos disfarces da beleza?
Ele conseguia preencher as estruturas da

ameaça com uma luz parecida com a dos azeites mais antigos.
Eu passei a entender *natureza*
como uma coisa sulcada e profunda na qual se mergulha, direto
na escuridão.
Sim estou adiando de novo.

Vestida em chamas e girando pelo céu é como me senti na noite
em que ele me disse
que tinha uma amante e com um orgulho tímido
puxou uma foto.

Não consigo ver o rosto eu disse com raiva, jogando a foto no
chão. Ele olhou pra mim.
Estávamos sentados junto à janela (do restaurante) bem acima
do nível da rua,
casados há pouco mais de um ano.

Que belo serviço hein eu disse. Você vai dar uma de superior
ele disse.
Eu quebrei o vidro e pulei.
Bom é óbvio você sabe

que isso não é verdade, o que quebrou não foi vidro, o que caiu
por terra não foi corpo.
Mas ainda assim quando me lembro da conversa é o que vejo –
eu pilota de caça
saltando indo pelo canal afora. Eu como presa.

Ah não não somos inimigos ele disse. Eu amo você! Eu amo
vocês duas.
Não é o sr. Rochester que rangendo os dentes nos diz
em menos de dois minutos com um sibilar verde deslizante que

o ciúme pode corroer o coração até o âmago, essa fórmula lhe
ocorreu
enquanto ele estava sentado em âmbar almiscarado
de uma varanda parisiense

assistindo sua bela dama da ópera chegar nos braços de um
estranho cavalheiro?
Permanecer humano é romper uma limitação.
Goste se puder. Goste se tiver coragem.

Ei, Albert, esse velho fantasma quer uma evidência! Dê a ele a evidência! Um camelo carregado de evidências!

JOHN KEATS,
Otho the Great: A Tragedy in Five Acts, 3.2.208-209

IV. ELE ELA NÓS ELES ELAS VOCÊS VOCÊ VOCÊ VOCÊ EU DELA LOGO OS PRONOMES COMEÇAM UMA DANÇA CHAMADA LAVAÇÃO CUJO NOME DERIVA DE UM FATO ALQUÍMICO QUE DIZ QUE DEPOIS DE UMA LIGEIRA CALMARIA HÁ UMA LIGEIRA AGITAÇÃO DEPOIS DE UMA LONGA CALMARIA HÁ UMA LONGA AGITAÇÃO

Gire o marido e exponha um lado escondido. Uma carta que ele escreveu do Rio de Janeiro.
Por que o Rio de Janeiro? não é uma pergunta que vale a pena ser feita.
Estávamos separados há três anos mas ainda não divorciados.
Ele surgia de todos os lugares.

Dava para contar com ele para mentir se alguém perguntasse por quê. Fora isso não dava para contar com ele.
Quando eu digo escondido
quero dizer engraçado.
As lágrimas de um marido nunca estão escondidas.

Rio, 23 de abril
Não entendo esse negócio de linguística.
Me faça chorar.
Não me faça chorar.
Eu choro. Você chora. Nós fazemos um ao outro chorar.

Viajar ter um trabalho idiota gastar dinheiro é o que eu me obrigo a fazer.
Carioca.
Estou em um apartamento no Rio com alguns brasileiros discutindo sobre
como fazer a máquina de lavar funcionar.
Em meia hora vão esquecer o assunto e sair para jantar
deixando a máquina pra trás pegando fogo.
Depois vão voltar e encontrar as roupas queimadas,

vão estapear a cabeça uns dos outros
e decidir que na verdade compraram
uma secadora que não sabem usar.
Acabei de dar uma olhada na máquina. É mesmo uma lavadora
pegando fogo.
E agora o que vai acontecer. Você e eu.

Existe essa tristeza profunda entre a gente e seus feitiços são tão
habituais que
não consigo
distinguir isso de amor.
Você quer uma vida limpa eu vivo uma vida suja é uma história antiga.
Bem.
Eu sem você não tenho muita utilidade pra você né
Eu ainda te amo.
Você me faz chorar.

Há três coisas para se observar nessa carta.

Primeira
a simetria:
Me faz chorar... Você me faz chorar
Segunda
a casuística:
temas cosmológicos, fogo e água, posicionados logo antes da fala
sobre amor
para fundamentar a fala associando eros e conflitos primordiais.
Terceira não tem endereço de remetente.
Eu não posso responder. Ele não quer resposta. O que é que ele quer.
Quatro coisas.
Mas da quarta eu escapo
casta e habilidosa.

uma das mais misteriosas semiespeculações é, uma pessoa poderia supor, aquela da imaginação de uma Mente em outra

JOHN KEATS,
anotação no exemplar de *O paraíso perdido*, 1.59-94

V. AQUI ESTÁ A MINHA PROPAGANDA UM ÚNICO UNO UM EM COMUNHÃO NA SUA TESTA COMO GOTAS DE PECADO LUMINOSO

Como muitas eu esposa elevei o marido à Divindade e o mantive
lá em cima.
O que é força?
A oposição dos amigos ou da família apenas a consolida.
Me lembro do primeiro encontro da minha mãe com ele.
Espreitando

um livro que eu trouxe pra casa da escola com o nome dele
inscrito na folha de rosto
ela disse
Eu não confiaria em ninguém que se autointitula X – e
alguma coisa se revelou em sua voz,
um ímpeto babilônico
surgiu entre nós naquele instante que jamais
aprendemos a interpretar –
um gosto de ferro.
Profética. Todas as suas profecias se tornaram realidade mesmo
ela não
querendo de verdade.

Bom é o nome dele eu disse e guardei o livro. Essa foi a primeira
noite
(eu tinha quinze)
abri a janela do meu quarto um rangido por vez e saí para
encontrá-lo
na ravina, vagando até o amanhecer entre as coisas encharcadas
e declarações

da linguagem que é "única e a primeira na mente". Eu idiota
diante dela,
assisti seus dourados antigos e azuis *lieblicher* se abandonarem
que nem pavões pisando para fora de gaiolas para entrar na
vazia cozinha de Deus.
Deus

ou algum personagem abençoado da realeza. Napoleão. Hirohito.
Sabe
como o romancista Ōe
descreve o dia em que Hirohito foi pro rádio e falou
como um homem mortal. "Os adultos sentaram-se ao redor do
rádio
e choraram.

Crianças se juntaram na estrada empoeirada e sussurraram
perplexidade.
Atônitas
e desapontadas por seu imperador ter falado em uma *voz*.
Olharam-se em silêncio. Como acreditar que Deus tenha
se tornado humano

em um certo dia de verão?" Menos de um ano depois do nosso
casamento
meu marido
começou a receber ligações de [uma mulher] tarde da noite.
Se eu atendesse [ela]
desligava. Meus ouvidos ficando roucos.

Como você tá.
–
Não.
–
Talvez. Oito. Você pode.
–
O branco ah sim.
–
Sim.

O que é mais extático ininteligível cruel contente do que as
paredes
de carne
que formam a voz da traição – ainda assim o tempo todo envolta
em conversas mais
tediosas que o soar do relógio.
Um cãozinho

aprende a ouvir desse jeito. Picada de prata.
Õe diz
muitas crianças ouviram e algumas acreditaram que quando a
guerra acabasse
o imperador ia enxugar as lágrimas dos seus rostos
com a própria mão.

matadouro púrpura onde Baco
Perfurou as próprias veias inchadas!

JOHN KEATS,
Otho The Great: A Tragedy in Five Acts, 5.5.123-125

VI. PARA LIMPAR SEUS CASCOS AQUI ESTÁ UMA DANÇA EM HOMENAGEM À UVA QUE AO LONGO DA HISTÓRIA TEM SIDO UM SÍMBOLO DE FARRA E ALEGRIA SEM MENCIONAR UMA ANALOGIA À NOIVA COMO UMA FLOR NÃO PODADA

Um cheiro
Eu nunca vou esquecer.
Atrás do vinhedo.
Espaço de pedra talvez um galpão ou depósito de gelo abandonado.
Outubro, um pouco frio. Feno no chão. Tínhamos ido à fazenda do avô dele para ajudar a

esmagar
as uvas para o vinho.
Você não consegue imaginar a sensação se nunca tiver feito –
como se bulbos duros de cetim vermelho molhado explodissem sob os seus pés,
entre os dedos subindo pelas pernas braços rosto espirrando por tudo –
Sabe que isso penetra na roupa disse ele enquanto marchávamos pra cima e pra baixo

no lagar.
Quando você tirar a roupa
vai ter suco por tudo.
Seus olhos vieram pra cima de mim e ele disse Vamos conferir.
Nua naquele espaço de pedra era verdade, manchas pegajosas, pele, eu deitei no feno

e ele lambeu.
Lambeu tudo.
Correu e juntou mais bagaço nas mãos e lambuzou
meus joelhos pescoço barriga lambendo. Extraindo.
Mergulhando.

Língua é o cheiro de outubro pra mim. Me lembro que era como
nadar em um rio veloz porque eu continuava me movendo e era
difícil me mover

enquanto tudo ao redor
também estava se movendo, aquele cheiro
de terra revolvida e plantas de inverno e a noite chegando e
o velho lagar vaporizando de leve no crepúsculo lá fora e ele,

nele o puro suco.
Nele os estames
e como Kafka disse no fim
nadar não me serviu de nada afinal eu não posso nadar.
Bem acontece que mais de 90% de todas as uvas cultivadas são
variedades de

Vitis vinifera
a uva do Velho Mundo ou europeia,
enquanto as uvas nativas dos Estados Unidos descendem
de certas espécies selvagens de *Vitis* e se diferenciam pelo odor
"raposino"
assim como o fato de sua casca escorregar tão fluída da polpa.

A uva ideal para vinho
é aquela que é facilmente esmagada.
Coisas que aprendi com o avô
nós dois sentados na cozinha tarde da noite quebrando
castanhas.
E também que eu não deveria em hipótese alguma me casar com
seu neto
que ele chamava de *tragikos* uma palavra interiorana que
significa trágico ou bode.

114   Ela] {Hä?} Ela   D

JOHN KEATS,
Otho the Great: A Tragedy in Five Acts, I.3||4 *ad* ||4

VII. MAS PARA HONRAR A VERDADE QUE É SUAVE DIVINA E VIVE ENTRE OS DEUSES NÓS DEVEMOS (COM PLATÃO) DANÇAR A MENTIRA QUE VIVE LÁ EMBAIXO ENTRE A MASSA DE HOMENS QUE SÃO TÃO TRÁGICOS QUANTO RÚSTICOS

Todo mito é um padrão enriquecido, uma proposta de duas
caras, permite que quem o opera diga uma coisa querendo dizer
outra, que leve uma vida dupla.
Daí a noção encontrada já na origem do pensamento antigo de
que poetas mentem.
E das verdadeiras mentiras da poesia
escorre aos poucos uma pergunta.

O que de fato conecta palavras e coisas?

Quase nada, decidiu meu marido
e passou a usar a linguagem
do jeito que Homero diz que usam os deuses.
Todas as palavras humanas são conhecidas pelos deuses mas
têm para eles significados totalmente diferentes
paralelos aos nossos.
Eles brincam com o interruptor à vontade.

Meu marido mentia sobre tudo.

Dinheiro, reuniões, amantes,
onde os pais nasceram,
a loja onde comprava camisas, a grafia do próprio nome.
Ele mentia quando não era necessário mentir.
Ele mentia quando não era nem conveniente.
Ele mentia quando sabia que as pessoas sabiam que ele estava
mentindo.

Ele mentia quando mentir significava partir corações.
O meu coração. O coração dela. Eu fico me perguntando o que aconteceu com ela.
A primeira.
Existe algo de puro-limite ardente na primeira infidelidade que acontece em um casamento.
Táxis indo e voltando.
Lágrimas.
Rachaduras na parede pelos socos.
Luzes acesas tarde da noite.
Eu não posso viver sem ela.
Ela, essa palavra que explode.
Luzes ainda acesas pela manhã.

– imaginamos depois –

JOHN KEATS,
anotação no exemplar de *O paraíso perdido*, 1.706-730

VIII. ERA APENAS UMA LAVAÇÃO DE ROUPA SUJA DE NOITE AS VOGAIS ESTA-LANDO NO VARAL QUANDO A MÃE DISSE QUE SOM É ESSE

Poetas (tenha generosidade) preferem ocultar a verdade sob
estratos de ironia
porque essa é a aparência da verdade: tem camadas e é esquiva.
Ele era um poeta? Sim e não.

Suas cartas, concordamos, eram altamente poéticas. Elas caíram
na minha vida
feito pólen e tingiram tudo. Eu escondia as cartas de minha mãe
mas ela sempre soube.

Amada, misericordiosa
você escreve mas
não vem até mim. Essa minha mãe não leu.

Rabinos compararam a Torá ao sexo limitado da gazela
para quem o marido é toda vez
como a primeira vez. Essa minha mãe não leu.

Nesse caso aqui ele precisa estimulá-la.
Nesse caso aqui ele não precisa estimulá-la.
Não há dificuldade [veja a ilustração]. Essa ai de mim minha mãe leu.

Se é verdade que em nossa época estamos testemunhando a
agonia do raciocínio sexual
então esse homem era uma "daquelas máquinas originais"
que leva os dispositivos libidinais a uma nova transparência.

Minha mãe se opôs a ele como a produção se opõe à sedução.
Quando me recusei a mudar de escola ela olhou para meu pai.

Em um ano nos mudamos para outra cidade

e é claro que a distância não fez diferença, pois afinal ele estava no auge da escrita de cartas.
Sigilo é um hábito precoce, "chantagem da profunda" é uma lei molecular.
Vamos dar uma olhada nisso.

Repressão diz mais sobre sexo do que qualquer outra forma de discurso
ou assim sustentam os especialistas modernos. Como uma pessoa
consegue ter poder sobre a outra? é uma pergunta algébrica

você costumava dizer. "Desejo em dobro é amor e amor em dobro é loucura."
Loucura em dobro é casamento
eu acrescentei
quando o corrosivo era tesouro, sem intenção de fazer disso regra de ouro

seus pés atados
Com fio de seda pelas minhas próprias mãos tecido

JOHN KEATS,
"I had a dove and the sweet dove
died" [Eu tinha uma pomba e a doce pomba morreu],
linhas 3-4

IX. MAS QUE PALAVRA FOI AQUELA

Palavra que da noite para o dia
apareceu em todas as paredes da minha vida *simpliciter* inscrita
sem explicação.
Qual é o poder do inexplicável.
Lá estava ele um dia (cidade nova) de pé em um campo de feno
em frente da minha
escola embaixo de um guarda-chuva preto
em um vento bruto de colheita.
Eu nunca perguntei
como ele chegou ali uma distância de talvez quatrocentos
quilômetros.
Perguntar
significaria quebrar uma das regras.
Você já leu o *Hino homérico a Deméter*?
Lembra de como Hades sai cavalgando à luz do dia
em seus cavalos imortais envoltos em pandemônio.
Ele leva a moça para um cômodo frio no subterrâneo
enquanto sua mãe vaga pelo mundo causando dano a qualquer
criatura viva.
Homero conta isso
como uma história de crime contra a mãe.
Pois o crime de uma filha é aceitar as regras de Hades

que ela sabe que nunca vai poder explicar
e então sentindo a brisa ela diz
a Deméter:
"Mãe a história é a seguinte.
Com malícia ele colocou
na minha mão uma semente de romã doce como mel.

Então à força e contra a minha vontade ele me fez comer.
Te conto essa verdade embora me doa".
Como assim fez ela comer? Eu conheço um homem
que tinha regras
contra demonstrar dor,
contra perguntar o porquê, contra eu querer saber quando o
veria de novo.
Da minha mãe
emanava uma fragrância, medo.
E de mim
(eu sabia pela cara dela à mesa)
cheiro de semente doce.
As rosas no seu quarto ele que mandou pra você?

Sim.
O que estão comemorando?
Não estamos comemorando nada.
Por que a cor.
Cor.
Dez brancas uma vermelha o que significa.
Sei lá deve ter acabado as brancas.

Abolir a sedução é a meta de uma mãe.
Ela vai substituir a sedução pelo que é real: produtos.
A vitória de Deméter
sobre Hades
não consiste no retorno da filha do submundo,
é o mundo em flor –
repolhos iscas cordeiros vassoura sexo leite dinheiro!
É isso que mata a morte.

Eu ainda tenho aquela rosa vermelha agora seca virada pó.
Não representava hímen como ela achou que fosse.

19 tuas próprias   *alterado de lápis possivelmente pelo próprio Keats para*   algumas poucas

JOHN KEATS
Otho the Great: A Tragedy in Five Acts, 1.3 ad 125-132

X. A DANÇA DO ENVELOPE DA WESTERN UNION O JEITO QUE O CORAÇÃO SALTA MAIS ÁVIDO DO QUE PLANTA OU FERA

A "parte do diabo" é a parcela dos bens de uma pessoa que não
pode ser gasta de forma conveniente
e por isso é sacrificada.
Mas e se o demônio não for tão idiota?
E se um demônio muito depois do sacrifício
começar a ir e vir na fronteira –
só um vinco na luz do dia.
Desaparecer era um jogo para ele,
minha mãe
nada surpresa

quando ele não apareceu no casamento
e ela foi cuidadosa com meus sentimentos – cuidadosa
como um forcado.
O bolo de casamento (guardado na despensa) eu mesma comi
pedaço por pedaço
inteiro
nos meses que se seguiram, sentada
na sala tarde da noite com todas as luzes acesas, mastigando.
O telegrama dele (no dia seguinte) dizia
Mas por favor não chore –
só isso. Cinco palavras por um dólar.

Ou junho que sopra vida às borboletas?

JOHN KEATS,
"To the Ladies Who Saw Me Crown'd", verso 10

XI. FAÇA OS CORTES OBEDECENDO AS ARTICULAÇÕES VIVAS DA FORMA DISSE SÓCRATES A FEDRO ENQUANTO DISSECAVAM UM DISCURSO SOBRE AMOR

Por que a natureza me entregou a esta criatura – não diga que
foi minha escolha,
Eu fui aventurada:
pela pura gravidade da existência em si,
conspiração do ser!
Tínhamos quinze anos.
Foi na aula de latim, final da primavera, final de tarde, o passivo
perifrástico,
por algum motivo eu me virei
e lá estava ele.
Sabe o que dizem sobre o açougueiro zen que faz um único
corte certeiro e o boi inteiro
desmorona
como um quebra-cabeça. Sim um clichê

e eu não peço desculpas porque como eu disse eu não tive culpa,
eu estava desamparada
diante da existência
e a existência *depende da beleza*.
Afinal.
A existência *não para*
até alcançar a beleza e daí então seguem todas as consequências
que levam ao fim.
É inútil interpor uma análise
ou criar sugestões contrafactuais.
Quid enim futurum fuit si. . . . O que teria acontecido se, etc.
A voz do professor de latim
subia e descia em ondas tranquilas. Um passivo perifrástico

pode substituir o subjuntivo imperfeito ou mais que perfeito
em uma situação contrária-aos-fatos.
*Adeo parata seditio fuit
ut Othonem rapturi fuerint, ni incerta noctis timuissent.*
Tão avançada era a conspiração
que eles teriam se aproveitado de Otho, se não tivessem temido
os perigos da noite.

Por que eu tenho
essa frase na cabeça
como se ela tivesse sido dita três horas e não trinta anos atrás!
Ainda desamparada, agora noite.
Como eles estavam certos em temer seus perigos.

e noites embebidas em melosa indolência

JOHN KEATS
"Ode on Indolence", verso 37

XII. AQUI FICA NOSSO NEGÓCIO LIMPO AGORA VAMOS SEGUIR PELO CORREDOR ATÉ A SALA ESCURA ONDE EU GANHO MEU DINHEIRO DE VERDADE

Você quer ver como as coisas estavam se desenrolando do ponto de vista do marido –
vamos dar a volta pelos fundos,
lá de pé a esposa
segurando os próprios cotovelos e encarando o marido.
Sem choro ele diz, sem choro de novo. Porém as lágrimas continuam caindo.
Ela observa ele.
Sinto muito ele diz. Você acredita em mim.
Observando.
Eu nunca quis machucar você.
Observando.
É banal. É como Beckett. Diga alguma coisa!
Eu acho

que seu táxi chegou ela disse.
Ele olhou lá embaixo. Ela estava certa. Sentiu-se picado,
o *páthos* daquela audição afiada.
Ali estava ela uma pessoa com traços particulares,
um certo tipo de coração, a vida batendo à sua maneira dentro dela.
Ele faz um sinal para o motorista, cinco minutos.
Agora as lágrimas pararam.
O que ela fará depois que eu ir embora? se pergunta. O fim de tarde é dela. Isso o sufocava.
O estranho fim de tarde dela.
Bem ele disse.
Sabe ela começou a dizer.
Quê.

Se eu pudesse te matar teria que criar outro exatamente igual.
Por quê.
Para poder contar.
A perfeição pairou sobre os dois por um momento como a calma em um lago.
A dor descansou.
A beleza não descansa.
O marido tocou a esposa na têmpora
e se virou
e correu
descendo
as
escadas.

ela brota
da breve febre do coração pequeno de um homem

JOHN KEATS,
"Ode on Indolence", versos 33-34

XIII. É UMA MONOTIPIA DE DEGAS QUE MOSTRA A CABEÇA DE UMA MULHER VISTA DE TRÁS CHAMADA *O BRINCO JET*

Informação privilegiada.
Ele procurou por ela. Ele procurou por ela em todos os lugares.
Atravessando a nudez
da sua imaginação. No sofrimento. Nas trincheiras. Enquanto os cervos disparavam pela floresta no final do inverno.

Ele sabia que destruiria o cervo.

Ele procurou por ela na virgindade dela por todos os lugares
(luta e fuga) de cima a baixo
das pequenas aparições e do verde esbranquiçado e dos tremores.
Ele procurou por ela no laço de fita do missal.
No cheiro preto desbotado do cetim.
Na pontualidade.

Ele procurou por ela na palavra amante mas ela não estava lá,
ele deveria
ter se abrigado na entrada daquela porta desde o início mas agora era noite.

Ele fez a noite procurar por ela também.

Noite possível, noite impossível, ganchos, cordas, ela sendo amarrada à própria
representação
dele.

A mão dele apagar uma marca do rosto dele era o rosto dela.

Hesitar,
ah hesitar.

No visor que deixa a luz atravessar, mais ele podia venerar –

JOHN KEATS,
"The Jealousies: A Faery Tale,
by Lucy Vaughan Lloyd of China Walk,
Lambeth", verso 277

XIV. TATEANDO PARA CALCULAR AS DIMENSÕES A PRINCÍPIO VOCÊ ACHA QUE É PEDRA DEPOIS TINTA OU ÁGUA PRETA ONDE A MÃO MERGULHA DEPOIS UMA TIGELA DE OUTRO LUGAR DE ONDE VOCÊ PUXA NÃO TEM MAIS MÃO

Hoje eu não ganhei. Mas quem sabe amanhã.
Ele diria para si mesmo ao descer as escadas.
Logo ele ganhou.

Ainda bem porque na fumaça da sala ele se viu apostando
a fazenda do avô (que nem era dele)
e quarenta mil em dinheiro vivo (que eram dele).

Ah para contar à ela imediatamente ele saiu rebatendo pela calçada
até o orelhão mais próximo, a chuva das 5 da manhã saraivando
no pescoço.
Alô.

A voz dela saiu cortada. Onde você estava ontem à noite.
O temor rasga seu ardor.
Ah não

ele consegue ouvir ela escolher agora outra flecha da sua
pequena aljava
e a raiva cresce feito árvores na voz dela segurando
o coração dele no alto.

Só me sinto limpo ele diz de repente quando acordo ao seu lado.
A sedução da força vem de baixo.
Com um dedo

o rei do inferno escreve as iniciais dela no vidro como se fossem coisas escaldadas.
É na dor visceral que a lenda
do marido brilha, canta.

151 Ela] *escrito por cima de* {Ele} *KRD*

JOHN KEATS,
Otho the Great: A Tragedy in Five Acts, I.I.151 *ad* 151

XV. ANTILÓGICA É A DANÇA DO CÃO NO INFERNO FELIZ POR PODER COMER QUALQUER COMIDA QUE APAREÇA MAS NÃO DIZEM A MESMA COISA DO CÃO NO CÉU

Você contou de mim pra ela?
Sim.
E?
Ela quer te conhecer.
Mentiroso.
Ele não diz nada.
Por que você vem aqui.
Ele dá uma tragada no cigarro.
Partes de você (ela alcança o maço e tira um de dentro) estão faltando.
O nome dela era de verdade Merced (ele contou pra ela uma vez)
Você não tem nenhuma compaixão.
Pescoço fino feito bétula, o oco do pescoço.
Por que eu venho aqui. Ele não se interessa pela pergunta.
Uma névoa vermelha passa
diante de seus olhos e um certo

cheiro cru e desordeiro talvez orégano sempre nesta cozinha, sempre quando ele senta aqui (um formigamento) calmo como um cordeiro
à mesa, um formigamento acontecendo entre as duas,
essas duas irmãs, suas histórias, o tipo de história que irmãs contam.
No puede tocarle diz Dolor passando por trás da cadeira de sua irmã.
O tipo de acordo que irmãs fazem.
O que ela diz? ele pergunta a Merced.

Ela está te comparando a um matador.
De canto de olho, ele só consegue ver a curva de seda azul-
-escuro da barriga de Dolor.
Dolor a quieta. Recolhe-se.
Merced inclinada pra frente tenta alcançar o isqueiro. Me conta
uma história Merced ele diz.
O oco do pescoço, oco abaixo do pescoço, sua casca
quase pó ao toque ou no escuro – quem pode dizer –
essas noites tiveram momentos em que ele não sabia
se estava prestes a receber compaixão ou mágoa.

"Nossa Senhora! ele se foi!" grita o Hum "e eu – (admito) – fui muito atrevido com o seu vinho; O velho Artesão irá rir do meu focinho!"

JOHN KEATS,
"The Jealousies: A Faery Tale,
by Lucy Vaughan Lloyd of China Walk,
Lambeth", versos 613-615

XVI. O DETALHE COMO UMA SITUAÇÃO RETICENTE

O marido tinha um amigo chamado Ray a quem ele amava muito.
Ray tinha uma mente perturbada porém valiosa.
Quando Ray chegou a esposa ficou no quarto.
Ele está descontrolado ela disse.
Ray sentou na cozinha com o marido e uma garrafa de vinho.
Falaram sobre os seus "mistérios".

Enganar toda noite é um sinal de desespero
foi o comentário da esposa no café da manhã do dia seguinte.
Ray tinha acabado de sair.
O marido espalmou as mãos como que para dizer
Vá devagar.
Ray tinha a voz de um tango mal feito,
mulheres e também meninos gostavam de ouvir.
E como Ray era uma pessoa
que logo acabava conhecendo todo mundo
Ray logo acabou conhecendo

Dolor e Merced.
Ele tinha ideia do que estava acontecendo mas guardava para si.
Para o marido ele dizia
Diversão em dose dupla.
Ray gostava de expressões idiomáticas.
Uma vez tarde da noite

ele chegou procurando pelo marido.
A esposa estava em seu escritório no sótão
com todas as luzes do térreo acesas.
Sua casa está iluminada como um torrone!

Ray chama da escada.
Ela ergue os olhos do trabalho, imersa
no prazer ele consegue sentir, algo nela
o cega.
Ele saiu ela diz.
Juntos

observam as gotas dispersas desse fato se condensarem no ar entre os dois.
Há quem chame de amor
mas as duas pessoas cujas almas se entrelaçam naquele momento
como a alma de Jônatas se entrelaçou com a alma de Davi
não se amavam.
Quão simples seria se assim fosse.

Espantado, – *Cupido eu vos desafio!*

JOHN KEATS,
 "The Jealousies: A Faery Tale,
  by Lucy Vaughan Lloyd of China Walk,
  Lambeth", verso 455

XVII. ÀS VEZES POR CIMA DAS GROSSAS E PALPÁVEIS COISAS DESTA ESFERA DIURNA ESCREVEU KEATS (NÃO ERA MÉDICO MAS DANÇAVA COMO UM BOTICÁRIO) QUE TAMBÉM RECOMENDOU FORTALECER O INTELECTO PENSANDO SOBRE O NADA

Ray não contou à esposa sobre Dolor e Merced.
Mas ela
tinha visto as cicatrizes
nos próprios olhos causadas pela tentativa de procurar com
afinco em cada pedra de cada calçada da cidade,
cada janela de cada ônibus que passa, cada vitrine de cada loja
ou prédio comercial ou cabine telefônica
para arrancar dali

um vislumbre do marido com outra pessoa, se tal vislumbre
tivesse que acontecer,
se tal fato tivesse que ser encarado
ela queria encarar de uma vez.
Ray viu as cicatrizes e ficou triste.
Ele pensou que aquilo ia durar um bom tempo ainda
o que provou ser verdade.
Ele ficou martelando o assunto dentro de si por um tempo

e falou muito pouco.
Você sabe pra onde ele vai de noite?
Claro que sei.
Quer me contar?
Nem quero.
Por quê.
Vocês pessoas casadas se apegam muito às coisas, ficam tensas e
se revirando.

Que significa...?
Significa, não gaste suas lágrimas com essa.
Essa. É uma série?

É um intervalo na série a série é você.
Ele diz isso?
O tempo todo.
E você acredita.
Isso foi uma pergunta? Ray pensou que não. Começou a falar sobre cinema.
Quero ver aquele filme brasileiro de novo perdi algumas reviravoltas.
Aquele sobre os torturadores?
Eles se dizem generais.
Não estou afim.
É complicado talvez você goste. Tem uma cena que eles estão torturando o cara

e falando sobre cinema ao mesmo tempo sobre os filmes que eles gostam
e o porquê e um deles diz Sabe
um bom filme pra mim é quando o inimigo diz algo que faz sentido.
Aí eu fico com medo.
Aí eu não sei o que pode acontecer depois
e eles continuam torturando o cara.
Como?
Mergulhando a cabeça dele no balde
Meu Deus Ray não quero ver isso.
Ray levantou da mesa e se espreguiçou. Sua barriga magra

revelava um roxo esbranquiçado sob a lâmpada suspensa da cozinha.
Tenho que ir.
Você está trabalhando de noite esse mês?
Das doze às oito folga na segunda.
Como está Sami?
Ray sorriu seu sorriso lindo e malicioso feito saia levantando voo.
Doçura e luz ele disse.
Sami era o mistério mais recente de Ray.
Às vezes os mistérios de Ray
roubavam dinheiro e desapareciam partindo seu coração mas
Sami
não tinha feito isso.
Sami compensa disse Ray.
Que bom disse a esposa.
Ela o seguiu até a porta sentindo uma pontada de abismo.
Vê se não desaparece
ela disse e ele disse
'Noite moça e se foi.

Sua sombra de mulher subiu de modo experimental as escadas na sua frente.
A ficção forma o que jorra de nós.
É naturalmente suspeita.
O que significa *não querer desejar*?
Significa espero que isso funcione diz a esposa enquanto ajusta o despertador
na mesa ao lado da cama.
Manter um trecho em itálico é uma forma primitiva de solicitar atenção

adverte o dicionário *Fowler de uso do inglês*,
acrescentando como exemplo desse modo precário de ênfase
"Para Sherlock Holmes ela é sempre *a* mulher."
Mas ênfase é uma palavra muito genérica
para se referir a esse mergulho oblíquo
da mente plena
que ocorre na cognição bem
ali: queima de leve.

A esposa vai até o espelho.
Ela olha

nos olhos, garganta, ossos da garganta de uma esposa.
Ela não se surpreende,
não consegue lembrar se algum dia se surpreendeu,
constatar
esses ossos não são ossos d*a* garganta.
Um rubor se rasga ao meio fundo
dentro dela.

Otho me chama de seu leão –, devo corar
Ser tão domada? deste modo –

JOHN KEATS,
Otho the Great: A Tragedy in Five Acts, 4.2.42-43

XVIII. COMO VOCÊ VÊ ISSO COMO UM QUARTO OU UMA ESPONJA OU UM BRAÇO DESCUIDADO QUE APAGA POR ENGANO METADE DA LOUSA OU UMA MARCA DE VINHO SELADA NAS GARRAFAS DAS NOSSAS MENTES QUAL É A NATUREZA DA DANÇA CHAMADA MEMÓRIA

Corda
estendida do céu para me tirar do não ser: Proust
costumava chorar pelos dias que se foram,
você também?
Passa um brilho.
Que olhos de altura rapina podem ir ao encalço daquele dia em março
Eu estava
na porta com ele atrás de mim os lábios no meu pescoço.
Nuca do pescoço.
Um buraco no tempo mostra esse momento pra mim e pra você,
irregular em que as bordas da mudança sináptica
se fundem nas
paredes borradas de outros dias – uma "memória flash" como
dizem neurologistas.
A memória tem circuitos tanto explícitos quanto implícitos.
Note essas duas pessoas
que ainda não são casadas

embutidas no destino de marido e mulher tão firmemente
quanto duas moléculas contíguas em uma reação em cadeia
e ele sussurra
no pedaço do pescoço dela que ele raspou com a navalha uma
hora atrás –
É muito difícil ser erótico com você.
Culpa e vergonha é o que leva quem ganha

como teria dito Ray, mencionei
a afeição que Ray tem por rimas?
Mas Ray não estava lá.
Eram apenas os dois perdidos juntos na órbita espiralada da
beleza de um
marido.
E naquele momento
ela se tornou a queda dele, porque se a memória não falha,
ele já estava calmo.
Melhor ser a queda do que não ser ela pensa.
Neva naquela noite.
Ela desenha um círculo vermelho em cada mamilo
e eles saem para dançar por salas escuras e compridas
o que pode ser mais verdadeiro

do que uma noite de neve, caindo
peneirando sobre galhos e grades e o próprio pouso secreto,
descendo os degraus, descendo os batentes, descendo às
profundezas, descendo às ranhuras das unhas.
Eles adormecem e sonham
com corredores abafados,
brilho esverdeado
ao redor de bordas de espelhos, rostos, cidades.
A neve gira sobre tudo, caindo sobre tudo.

ele nesse momento deseja estar adormecido
Entre seus capitães caídos naquelas planícies

JOHN KEATS,
Otho the Great: A Tragedy in Five Acts, 1.2.91-92

XIX. UMA CONVERSA ENTRE IGUAIS DA QUAL NADA É MAIS DIFÍCIL DE CONSEGUIR NESTE MUNDO QUE UM *HABEAS CORPUS* COMO (DIZ KEATS) NÓS NÃO TEMOS MAIS NENHUM ESPANTO CURIOSIDADE OU MEDO

Covarde.
Eu sei.
Traidor.
Sim.
Oportunista.
Eu entendo por que você acha isso.
Escravo.
Continua.
Criança lasciva sem fé.
Ok.
Mentiroso.
O que posso dizer.
Mentiroso.
Mas.
Mentiroso.
Mas por favor.
Destrutivo mentiroso sádico falso.
Por favor.
Por favor o quê.
Me salva.
Pra quem mais você diz isso.
Ninguém.
Ninguém ele diz.
Tenha coragem.
Seu imbecil.
Ah meu amor.
Para.

Escuta eu só queria uma coisa ser digno de você.
Você tá louco.
Não sim não importa.
Você vive uma vida de mentira.
Sim sim mas por você.
Por mim.
Esses são meus troféus minhas campanhas minhas honrarias coloco tudo diante de você.
As mulheres.
Sim.
As mentiras.
Sim.
A vergonha.
Não não há vergonha.
A vergonha que eu sinto.
Não há vergonha exceto no recuar.
Ah.
E eu nunca recuo.
Parece que não.
Seja minha aliada.
Sobre o que estamos falando agora.
Se você não quiser continuar eu paro.
Não para.
Eu já disse tudo isso antes.
O que tem de errado com a gente.
Névoa de guerra.
Por que estamos em guerra.
Porque eu não quero desistir.
Seus sonhos são o caos.
Eles são minha obra-prima.
Que Deus nos ajude então.

Deus não tem lugar na guerra nem na loucura da guerra bom
basta perseverar na loucura
e logo o mundo chama a loucura de sucesso.
Não não vai se aclarar ou fazer sentido ou se libertar das mentiras
esta agitação de desordem e dor que é a nossa vida.
Sim.
Sua suposta liberdade.
Nosso suposto amor.

nem nossas fantasias mais profundas podem nos levar
tão longe quanto este Pandemônio

JOHN KEATS,
anotação no exemplar de *O paraíso perdido*, 1.706-730

XX. E ASSIM A PORTA DO CORREDOR SE FECHA NOVAMENTE E TODO BARULHO DESAPARECE

No esforço de encontrar um caminho entre os conteúdos da
memória (enfatiza Aristóteles)
é útil um princípio de associação –
"passando rapidamente de um passo ao próximo.
Por exemplo de leite para branco,
de branco para ar,
de ar para umidade,
depois recorda-se do outono supondo que se esteja tentando
recordar daquela estação".
Ou supondo,
cara pessoa que me lê,
que você esteja tentando recordar não do outono mas da liberdade,
um princípio de liberdade
que existia entre duas pessoas, pequenos e selvagens
como são os princípios – mas quais são as regras pra isso?
Como ele diz,
a loucura pode estar na moda.
Passe logo rapidamente
de um passo ao próximo,
por exemplo do mamilo ao membro
do membro ao quarto de hotel,
do quarto de hotel

à frase encontrada na carta que ele escreveu no táxi um dia ele
passou
pela esposa
andando
do outro lado da rua e ela nem o viu, ela estava –

tão engenhosas as providências do estado de fluxo que chamamos de
nossa história moral não são elas tão precisas quanto proposições matemáticas com a exceção de que são escritas em água –
a caminho do tribunal
para dar entrada nos papéis do divórcio, uma frase do tipo
que gosto tinha entre as suas pernas.
Depois disso por meio desta aptidão divina, a "memória das palavras e coisas",
recorda-se
da liberdade.
Isto sou eu? clama a alma apressada.
Pequena alma, pobre animal incerto:
cuidado com essa invenção de "tudo na vida é aprendizado"
como diz Aristóteles, Aristóteles aquele
que não tinha marido,
raramente menciona a beleza
e é provável que passava rápido de punho a escravizada
enquanto tentava recordar a palavra esposa.

minha pulsação quase a parar

JOHN KEATS,
"Ode on Indolence", verso 17

XXI. VOCÊ JÁ SONHOU UM PRECÁRIO TRIBUNAL DE FALÊNCIA ENGANADO E PERDIDO DE PEQUENOS BURACOS TERRÍVEIS ESPALHADOS POR TUDO O QUE ESSES SONHOS SIGNIFICAM?

Pequenos buracos que mostram onde bate a chuva.

Ele não estava errado aquele triste antropólogo que nos contou que a função primordial da escrita é escravizar seres humanos. Os usos intelectuais e estéticos vieram depois.

Pequenos buracos que se alargam e rompem.

As cartas chegaram.

Agora rápidos os buracos se multiplicam e fluem direto à colisão, concentricamente.

Com cartas o marido amarrou ela a ele.

Ou desaceleram e simplificam, quatro três dois.

As cartas, alimento natural e necessário, chegavam com menos frequência do que a comida precisa chegar.

Um.

As cartas faziam um dia ser diferente do outro, como se feitas ao sol.

À beirada do telhado acontece a aniquilação dos buracos.

Sabia que Nahum Tate reescreveu *Rei Lear* em 1681 e suas melhorias se materializaram em forma de (além do final feliz) reduzir as ocorrências da palavra *se* de 247 para 33.

Ao longo do beiral buracos se esforçam para adquirir um pingo de céu brilhante.

Dizer o que as cartas contêm é impossível. Você já colocou a língua em uma superfície de metal gelada – dizer como é não receber uma carta é mais fácil.

O vento cresce e os buracos sopram de lado, holoides agora.

Em uma carta, tanto quem lê quanto quem escreve descobre uma imagem ideal de si, só precisam de passagens curtas e ofuscantes.

A espera se aninha dentro dela e lambe e lambe as patas.

Repito movimentos já feitos em outra vida [escreveu o marido]. *O quarto está frio. Preciso desfazer a mala. Mas não agora. A noite está chegando. Mais uma sem você eu ia dizer mas dizer isso seria fraco. Mais uma. Eu me mantenho firme na fundação do amor que criei, sim o nosso amor. Você vai discordar. Mas olha pra dentro de você. Lá vai ver um mundo viajando silenciosamente pelo espaço. Nele duas partículas. Nós somos indissolúveis. Três minutos de realidade! tudo o que eu sempre quis.*

Ela fica olhando lá fora a chuva no telhado.

Como vieste envolto tão silente mascarado?

JOHN KEATS,
"Ode on Indolence", verso 12

XXII. HOMO LUDENS

Presságios são por exemplo ouvir alguém dizer vitória quando
passa por você na rua
ou ficar encarando
as lampadazinhas no gramado
ao redor pelas bordas do jardim do hotel
logo que acendem. Acendem ao anoitecer.

O que ele estava pensando ao trazer ela aqui?
Atenas. Hotel Eremia.
Ele sabia muito bem. *Détente* e reconciliação, vamos recomeçar,
pensando em ostras e glacê de frutas, é necessário um toque leve,
teclas estreitas
não muito profundas.
Ao anoitecer os jardins do hotel são um espaço em que as leis
que regulam a matéria
são viradas do avesso,
como as teclas pretas e as teclas brancas no piano de Mozart.
Isso o animou lembrar de Mozart
pedindo dinheiro emprestado toda noite
e sorrindo um sorriso pilantra.
A necessidade não é real! afinal.
O marido engole seu ouzo e aguarda pela descida lenta da neve
quente dentro de si.
Mozart
(foi o que a esposa contou no almoço)
compôs seu Concerto para Trompas

usando quatro cores diferentes de tinta: um homem brincando.
Um marido cuja mulher sabe apenas o suficiente de história para
mantê-lo interessado.

Uma euforia desenfreada toma conta do marido agora.
Noite infinita pela frente. Os cardumes da noite surgem e ele os navega um a um deslizando as cordas de quilha azul-escuro de um lado para o outro em uma superfície de prateado inexplicável – ah, aqui está ela.
O marido pode ser visto levantando enquanto a esposa atravessa o jardim.
Por que tão triste.
Não eu não estou triste.
Por que em seus olhos –
O que você está bebendo.
Ouzo.
Pode me trazer um chá.
Com certeza.

Ele sai.
Ela espera.
Esperando, pensamentos vem, vão. Fluem. Esse fluxo.

Por que tristeza? Esse fluxo do mundo até o fim. Por que em seus olhos –

Isso é um verso. Saiu de onde. Ela procura a si mesma, esperando.
Espera é procura.
E a coisa esquisita é que, esperando, procurando, a esposa de repente descobre
um fato sobre o marido.
Esse fato pelo qual não procurou
se arremessa na luz
como uma criança de um armário.
Ela sabe por que ele está demorando tanto no bar.

Muitas e muitas vezes nos anos seguintes quando ela contava
essa história ficava espantada
com a habilidade do marido de colocar o mundo entre colchetes.
Uma miragem que vale um colchete! tudo que ele sempre
precisava.
Um homem que depois de três anos da separação levaria a
esposa para Atenas –
por adoração, por paz,
depois no bar telefonava toda noite para Nova York
e falava com uma mulher
que pensava que ele estava em Manhattan
fazendo hora extra.
Naquela noite, que provou ser longa, no andar de cima enquanto
ele arrastava
sua honra ferida pelo quarto do hotel como uma rainha de
mariposas defeituosa
porque ela mencionou os Houyhnhnms e ele se opôs
a ser "reduzido a um objeto satírico", passaram
várias vezes por um ciclo de comentários como –

O que é isso, tem futuro
Eu pensei
Você disse
Nós nunca
Quando exatamente dia ano fala qualquer coisa quem eu era
quem eu sou quem você fez
Você fez ou não fez
Você faz ou não faz
Uma desculpa outra desculpa prazer dor verdade
Que verdade é essa
Todos esses quilômetros

Fé
Cartas
Você tem razão
Nunca ah tá certo uma vez –

que, como a corrente da sábia Verdade de Parmênides você
pode seguir
em círculos e sempre acabar onde começou, pois
"não importa por onde eu comecei, pois para lá eu voltarei sempre"

como diz Parmênides. Então a esposa
estava pensando (sobre Parmênides)
com uma parte da mente enquanto jogava Sempre Nunca
Mentiroso no marido
e ele segurava Sim e Não juntos com uma mão
enquanto se esquivava das palavras da esposa quando –

eles pararam. Veio o silêncio. Eles se alinham,
ele na porta de costas
ela na cama de costas,
naquela postura que especialistas em resolução de conflitos
dizem que o impasse é garantido,
e se olham
e não há mais nada pra dizer.

Beijando ela, te amo, as alegrias e abandonos de outros tempos
fluíram pelo marido
e desapareceram.

Presença e ausência se contorcem escondidas uma da outra
dentro da esposa.

Eles ficaram quietos.
Sons os alcançaram, um caminhão, um ronco, arbustos frágeis
batendo em uma parede de lata.

O nariz dele começou a sangrar.

Então o sangue escorre pelo lábio superior, inferior, queixo.
Até o pescoço.
Aparece na brancura da camisa.
Tinge para sempre um botão de madrepérola.
Mais escuro do que uma amora.
Não pense que o coração dele explodiu. Não ele não era nenhum
Tristão
(embora gostasse de apontar que na versão mais comum
Tristão não é falso, é o velejar que mata)
mas nenhum deles tinha um lenço
e é assim que ela acaba manchando o roupão com o sangue dele,
a cabeça dele no colo dela e a virtude dele percorrendo ela

como se eles fossem uma só carne.
Marido e esposa podem apagar uma fronteira.
Criando uma página em branco.

Mas agora o sangue parece ser a única coisa no quarto.

Se ao menos a vida toda de uma pessoa pudesse consistir em
certos momentos.
Não há possibilidade de voltar de um determinado momento
para o simples ódio,
tinta preta.

Se um marido lança pela última vez os dados de sua beleza, a culpa
é de quem?
Proposta rica, economia drástica, horas, camas, pronomes, ninguém.
Ninguém tem culpa.
Mude a pergunta.
Somos mortais, em um dia ponderado, de vez em quando
faz sentido dizer Salve o que puder.

Não foi você que me disse que a civilização é impossível na
ausência de um espírito de jogo.

Em todo caso o que você teria feito –
arrancado o telefone da parede? sufocado ele com um travesseiro?
esvaziado a carteira dele e fugido?
Porém você negligencia
uma importante função cultural dos jogos.
Testar a vontade dos deuses.
Huizinga nos lembra que a própria guerra é uma forma de
adivinhação.

Marido e esposa não se envolveram portanto em um assassinato
mas continuaram a turnê pelo Peloponeso,
passando mais oito dias cautelosos
em templos e ônibus e tavernas cobertas de vinhas,
oito dias que tinham a textura interna de πετραδάκι (antiga πέτρος)
– ou seja "brita, pedra de estrada, cascalho" –
mas que serviam a um propósito dentro do modelo de justiça que
era o casamento dos dois.
Esperando pelo futuro e pelos deuses,

marido e esposa descansaram,

como quem joga pode descansar contras as regras do jogo,
se for um jogo, se souberem as regras
e era e sabiam.

uma espécie de Abstração délfica uma coisa bela
tornada ainda mais
bela ao ser refletida e colocada dentro da Névoa

JOHN KEATS,
anotação no exemplar de *O paraíso perdido*, l.321
[tem uma marca fraca depois de *"bela"* lida por um
editor como um traço, por outro como um deslize
da caneta, enquanto um terceiro não a imprime]

XXIII. QUÃO RICO UM POBRE PRAZER PARA UM POBRE HOMEM

O que pode salvar essas marcas de si mesmas.
E se pingarmos um pouco mais de solvente
na costura

entre o primeiro plano e o plano de fundo.
Ray não era nenhum monte Santa Vitória
mas seu corpinho curiosamente cristalino
estabeleceu uma relação sábia e carnal
entre mundo e retina.
O mundo dele a sua retina.
Como ele mesmo diz
Ninguém se mantém inocente por muito tempo perto de Ray.
Ray é pintor.
Ele cozinha (na maioria das noites) na lanchonete Sincere e
pinta durante o dia.
Quando você dorme Ray? pergunta a esposa.
Em vez de responder Ray vira dois ovos quase fritos só com
uma mão
e pega no ar a torrada (muito branca, empurra de volta na
torradeira)
depois gira pra esquerda
para pegar um prato limpo na máquina de lavar louça.
O relógio na parede acima das tortas marca cinco pras cinco.
Sai às cinco Ray? eu te acompanho até em casa.
Ou você tem
um encontro.

Ray passa ágil por ela no balcão
e uma onda de café Sincere enche a xícara – O Ray é todo seu moça!

Sem ninguém para encontrar nem destino ou espera a me contemplar! ele sorri.

O contorno de uma pessoa é tão diferente do que se pode captar por trechos de fala.

Os músculos da panturrilha dele por exemplo eram enormes. Parecidos com os de um bailarino. Ela pensou enquanto andava ao seu lado.

Ou um entregador de bicicleta.

Ele rolava passo por passo como se andasse sob rolamentos e ela sabia por experiência

que ele conseguia caminhar assim metade do dia sem se cansar,

depois pintar por horas,

depois vagar de bar em bar.

Você é forte Ray.

Ele fez que sim com a cabeça.

O que te faz tão forte.

Ele pensou.

Luxúria ele disse.

Você quer dizer como Vincent van Gogh. Um desejo pela vida.

Não ele disse. Como uma abelha.

Pólen ela disse.

Ele riu.

Pólen é o que o velho Ray curte.

Eles seguiram andando.

O amanhecer empurrava o céu noturno como se fosse uma persiana

e azul

corria direto para o mundo vindo de um outro lugar.

Então quer dizer que ele anda te ligando.

Sim.
Diz que agora ele é uma pessoa melhor.
Mais ou menos.

E o que mais.
E que não consegue viver sem mim.
Outro dia eu vi ele numa festa ele parecia bem vivo pra mim.
Ray o que ele quer que eu diga.
Certeza que a questão é o que você quer que ele diga.
Eu quero que ele diga que não pode viver sem mim.
Então bingo.
Mas de um jeito que eu consiga acreditar.
Aí você já está querendo um milagre.
Ou que ele se sinta como eu me sinto como um corpo partido ao meio como um estado
incompleto de algum metal durante o processo químico como uma bolha de cobre escaldado esperando para ser ressuscitada em ouro –
Não espere por isso.
Maneira de dizer.
Ainda tem roupa dele na sua casa?
Algumas.
Joga fora.
Não posso.
Você conhece as regras nesse caso?
Não.
É porque não existem regras. Um navio passa, deixa pra trás um pequeno rastro
algum movimento na água e depois desaparece.
Cala a boca Ray.

Ele deu de ombros.
Quer entrar para comer purê? Daqui a pouco eu tenho que pintar.
Eles estavam na casa de Ray.

Purê de batata era o que ele normalmente comia no café da manhã.
Não obrigada Ray. Você está trabalhando no quê?
Dia das Mães disse Ray.
Ray estava pintando sua mãe fazia tempo.
Retratos
na mesma tela há quase quatro anos,
a essa altura uma pintura já grossa.
Eu gosto de manter a hesitação Ray diria.
Posso ver? Não hoje não.
Tá até mais Ray. Tchau moça.

E eram estranhos a mim, como poderia decorrer
Com vasos

JOHN KEATS,
"Ode on Indolence", versos 9-10

XXIV. E AJOELHADA À BEIRA DO MAR TRANSPARENTE MOLDAREI PARA MIM UM NOVO CORAÇÃO DE SAL E LAMA

Uma esposa está no domínio do ser.
Fácil dizer Por que não desistir?
Mas vamos supor que seu marido e uma certa mulher sombria
gostem de se encontrar em um bar logo depois do almoço.
Amar não é condicional.
Viver é muito condicional.
A esposa se posiciona em uma varanda fechada do outro lado da rua.
Assiste à mulher sombria
estender a mão para tocar a têmpora dele como se filtrasse algo.
Assiste a ele
se dobrar levemente em direção à mulher e voltar. Estão sérios.
A seriedade dos dois deixa ela devastada.
Pessoas que conseguem ficar sérias juntas, é profundo.
Tem uma garrafa de água na mesa entre eles
e dois copos.
Nenhum inebriante é necessário!
Quando foi que ele desenvolveu
esse novo paladar puritano?
Um navio gelado

deixa o porto em algum lugar bem dentro da esposa
e desliza rumo ao horizonte cinza plano,

nem pássaro nem sopro à vista.

Devo confessar – e cortar minha garganta –, hoje?
Amanhã? Ah! tragam vinho!

JOHN KEATS,
Otho the Great: A Tragedy in Five Acts, 3.1.31-32

XXV. TANGO TRISTE SEVERO DANÇA DO AMOR E MORTE DANÇA DA NOITE E HOMENS DANÇA DA COZINHA ESCURA DA POBREZA DO DESEJO

Devemos aguçar nossa visão e nos aproximarmos da beleza do marido –
cuidadosamente, pois ele estava pegando fogo.
Debaixo dele o chão estava pegando fogo,
o mundo estava pegando fogo,
a verdade estava pegando fogo.
Ao redor um fogo verde explodiu vindo de cada uma das árvores.
Ele quase nunca estava triste, um deus o conduzia.
Nem duvidava do seu destino que se parecia com o que
Napoleão costumava dizer:
Escrevo-me entre mundos.
O que ele escrevia dependia de com quem ele estava.
Quando ele conheceu Ray
começou a escrever pinturas.
No quarto de Ray os dois trabalhavam lado a lado, o marido
falava.
Ray gostava de aprender sobre lugares do mundo,
porque ele quase não tinha viajado e sobre livros,
porque não lia.
Como são os Alpes?
Do avião parecem frágeis como peças de cerâmica. Entre eles
flutuam finos silêncios.
E de perto.
De perto parecem queijo. Parmesão.
É muito caro.
Parmesão?
A Itália.
Sim e não.

Você fica na casa da sua namorada italiana?
Ela casou.

Com quem.
Um cara chamado Ricky.
Eles estão felizes juntos?
Ela teve que destravá-lo ela disse.
No sexo.
Acho que sim.
Você sabe o que é bom pra isso tango.
Pra destravar?
Ajuda na digestão também.
Como você sabe dessas coisas.
Lembra de Flor?
Não.
Que veio antes de Karl.
Karl?
Karl que veio antes de Danny.
Ah.
Flor dançava tango.
Pra mim parece que faz tanto tempo isso.
Pobre Flor tanta pureza.
Parece que faz tanto tempo.
Flor era frágil.
Pra você também não parece que faz muito tempo Ray.
Não não parece que faz tanto tempo mas você era casado na época tudo era diferente.
Me tremo só de pensar.
No que.
No passado. Me lembro bem de como eu achava que a vida ia ser.
Todo mundo sonha.

Não não eram sonhos era uma imagem precisa.
O que deu errado.
Os intermediadores.
Quê?
Olha o divórcio por exemplo, não foi ideia dela se divorciar de mim. Os intermediadores a influenciaram.
Ela sabia que você estava mentindo e dormindo com outras pessoas.
Ray por favor eu nunca menti para ela. Quando necessário, posso ter usado palavras que mentiram.
Isso está filosófico demais pra mim.
Filósofos dizem que o homem se forma em diálogo.
Isso eu entendo.
Ela também.
É aí que você está errado.
Por que você diz isso.
Eu vi ela cair.
Ela era muito mais forte do que eu.
Ela foi pro fundo do poço.
Tudo o que eu fiz fiz por ela.
Por que você está gritando.
Vou lá ver ela no fim de semana.
Você é doido.
Vou mandar uma carta antes.
Ela se separou de você faz três anos por que não deixa ela em paz.
Eu tenho fé.
Em quê.
Em nós.
Não existe nós.
Uma fé profunda pura.
Mas por quê.
Ray você sabe que eu gostaria de viver em outro século.

Você sempre dizia que o corpo é o começo de tudo.
Eu não acredito mais nisso.
Você continua dormindo com todo mundo.
Sim.
Você me deixa triste.
O jeito como as pessoas vivem aqui –
Sim.
Uma terra sem milagres.
Quais são suas expectativas agora.
Renascer como um grande guerreiro no ano 3001.
Em uma noite de junho.
O que você disse.
É o verso de um tango.
Em uma noite de junho sim.

Continuaram trabalhando, ele no cavalete
e ele no chão perto do abajur
enquanto altas massas pretas de crepúsculo chegavam e ao
redor deles se juntavam
como sentinelas.
O marido estava planejando a Batalha de Epipolai

a qual pretendia transferir para uma parede da sua casa usando
tinta acrílica
e pequenas bandeiras.
Por que Epipolai? Essa derrota ateniense sangrenta
começou com um movimento noturno surpresa em 413 a.C.
Borrou o limite entre coragem e loucura

os atenienses investiram subindo colina acima no escuro
contra as posições fortificadas dos siracusanos.

A originalidade a princípio
trouxe sucesso ao plano,
depois os siracusanos perceberam
e o caos e desordem se espalharam por tudo.
A visibilidade vinha da luz da lua,
eles conseguiam enxergar contornos, mas não quem era quem.
Os hoplitas se agitavam
em um espaço não maior que um corredor

e aqueles atenienses já posicionados e descendo o penhasco
deram de cara com outros chegando frescos para o ataque
e os confundiram com inimigos – além disso,
ao gritarem sem parar a senha
eles a revelaram ao inimigo e esta palavra chegando

errada até eles e no escuro os atenienses entraram em pânico.
Amigo caiu em cima de amigo.
Foi como uma dança linda efervescente na qual o seu parceiro
vira
e te esfaqueia até a morte,

um caldeirão de lua vermelha da Sicília e lábios brancos da
Grécia.
Ele canta baixinho enquanto trabalha.
Os retângulos são para fazer os abrigos dos siracusanos,
linhas quebradas para o ataque corajoso dos atenienses,
triângulos para prováveis lugares de confronto,

pontos pretos de tamanhos variados para as baixas estimadas
ao longo da rota.
Na sua cabeça

ele está compondo uma carta
para explicar pra ela (de novo)
sobre a névoa da guerra e a necessidade de resistência e
esplendor no fim eles vão se entender.
Precisamos de uma nova senha ele sussurra sorrindo,
enquanto se imagina chegando exausto e rouco,
coberto da poeira da estrada, dirigindo um tanque num bonito
fim de tarde.
Um fim de tarde em junho.

"Por quê, Hum, você está ficando bem poético!"

JOHN KEATS,
"The Jealousies: A Faery Tale,
by Lucy Vaughan Lloyd of China Walk,
Lambeth", verso 559

XXVI. COM UM ESPÍRITO DE REVELAÇÃO DESINIBIDA OU COMO KEATS DIRIA COSTURANDO SUAS GARGANTAS ÀS FOLHAS ALGO PARA PASSAR O TEMPO

Você me vê, vê a minha vida, vê como eu vivo – é só isso que eu quero?
Não. Eu quero fazer você ver o tempo.
Como as sombras atravessam a parede e seguem –

ao dividir o movimento puro em minutos, horas, anos, erguemos
o pseudo-problema de um "eu" subjacente cujos estados sucessivos
se supõe que estes sejam. Otho ou não.

Tinha um galho que eu costumava observar da janela da minha cozinha
gradualmente comecei a fazer registros sobre ele
quase todo dia
em dísticos elegíacos,
por exemplo:

> Espumando contra sua verde Face fria de repente
> ou pelo menos em cada contrário Saliente

(isso foi na primavera, ou
aqui está um do início de outubro:)

> Esbranquiçado e mortal como a Marca de giz na Porta que faria
> Homero comparar Impasse de Guerra com Carpintaria

(ou numa manhã nublada:)

Cuja sombra parece na Chuva abstrata
    chicotear a Parede em uma Velocidade velada

(pouco antes de uma tempestade:)

Este Vento Noturno arrastando o céu como Quartetos
    ou Dido sobrevivendo entre Relampeios

(primeiros dias de novembro:)

Quase nus: balançando como Nacos de Osso
só cinco num Vento de Todas as Almas
vê elas se infiltrando no entorpecimento
das Hastes, veja as almas surgindo da Escuridão vivas

(final de novembro:)

Terrível Enxágue, folhas Amarelas, Berço da Forma do Fogo
    pela neve cedo suja encharcada como Vestes trágicas do Morto

(esperando a primavera:)

Brilha mais que uma Bocada
    golpeia a luz de Março em uma tacada

(ou não:)

Contra essa Parede, do mesmo jeito que os Irmãos rasgaram
    a Cabeça um do outro com amor, aqui lutaram

Bom não vou aborrecer você com o anuário inteiro.
O fato é que, no total, até agora, são 5.820 elegias.
Que ocupam 53 cadernos em espiral.
Empilhados em quatro prateleiras na cozinha dos fundos.

E levaria talvez uma noite e um dia e uma noite para ler tudo.
Com fervor.

era a hora em que as casas de atacado fechavam
Suas persianas com um melancólico senso de riqueza

JOHN KEATS,
"The Jealousies: A Faery Tale,
by Lucy Vaughan Lloyd of China Walk,
Lambeth", versos 208-209

XXVII. MARIDO: EU SOU

um homem triste e ofuscado. Quero agora me aprofundar no processo doloroso da minha autodescoberta. Ninguém pode me ajudar. Só eu posso fazer isso. Entrar no fio potável da vida. Desde o tempo que esfolava coelhos com meu avô na pia velha e manchada atrás do galpão que não sinto minhas percepções tão fortes. Entranhas vermelhas acetinadas. Limpar respingo de sangue na porcelana branca. Uma vez encontramos um feto logo abaixo do coração selvagem. Ah disse Nono maçãs no escuro. Ele fatiou tudo. Eu fiquei com ciúmes. Uma ternura inundou sua voz.

A última vez que fui vê-lo (poucos meses antes de ele morrer) ele me fez dormir no galpão. É estranho ter mais alguém dormindo em casa, ele disse desde que a Nana partiu. Era ela ou nada. No começo fiquei ofendido. Depois com o tempo entendi. Uma brancura deslizava no ar. Do galpão eu enxergava as janelas da casa. Ele levantava

de noite em horas estranhas, fazia flexões. Ficava encarando os pinheiros. Eu teria acordado. Eu também vou ter que pagar por isso pensei, nós achamos que estamos seguros. Mas não existe abrigo. Pedaços de folha escorriam. A cama é muito grande ele disse quando perguntei por que ele não dormia. Não não estamos seguros. A necessidade vence, ponta a ponta. Eu gostaria de ter conversado com ele sobre a vida e sobre o amor. Noites silenciosas. Nem um gato passa soltando rangidos.

Você se casou com a pessoa errada foi só isso que ele me disse em termos de conselho erótico. *Qual* era a errada? Eu nunca perguntei. Para combater a resistência da linguagem você precisa continuar falando diz meu psicólogo. Mas para combater o silêncio oscilante de uma noite de inverno na cozinha do Nono sob o clarão clandestino da lâmpada de quarenta watts presa acima da toalha de mesa plastificada xadrez vermelha e branca por um cordão com um nó que parece estar sempre levemente (como folhas numa encosta pontiaguda e distante) vibrando mesmo que o resto do mundo esteja parado, falar não serve.

Afinal eu me casei duas vezes. Ele achou que era óbvio. Qual das duas.

"Descobri com horror que pertenço à parte forte do mundo." Ele disse isso para mim acho que uma noite enquanto falava sobre a guerra. Mas eu não lembro, eu anotei.

Nua. Por que eu disse isso? Eu quero alguma coisa. A minha vida inteira. Quero o quê. Em todos os lugares que eu fui a coisa que eu queria já tinha sido levada. Ela nua. Suas margens incertas. Eu nunca consegui me sentir completo.

Ela lutou comigo. Ela perdeu.

Estou casado de novo agora. Me ouvir falando isso. Os nervos sabem. Eu tentei impedir. Alguma fórmula para lidar com o universo exterior – isso foi anos atrás. Eu tenho dois filhos adultos com essa mulher minha esposa atual, todos acordam cedo, fazem um café muito forte em uma jarra grande e passam horas lendo jornal. Tantas versões da mesma história, trocam entre si seções, na vida acontecem mudanças severas, nenhuma delas aparece nos jornais apenas imitações de mudança. *Anima!*

Eu pensei que as mudanças fossem sagradas. Derrubei elas como se fossem grão. Como eu ia saber. Como eu ia saber que ela perderia.

Então é essa a parte forte.

Uma terceira vez eles vieram; – ai de mim! para quê?

JOHN KEATS,
"Ode on Indolence", verso 41

XXVIII. HÁ QUEM CHAME DE AMOR LEIA O RECORTE DE JORNAL ENCENANDO PARA CITAR (PELA ÚLTIMA VEZ) KEATS *UMA REVERÊNCIA DESAJEITADA*

Um dia o obituário de Ray chegou pelo correio (eu tinha perdido o contato com ele) anexado a uma nota com caligrafia familiar.

No final foi difícil. Ray lembrou de você. E eu também.
Li uma das cartas antigas que você escreveu pra ele (Sobre o Buraco no Meu Cérebro) no funeral.
Se em dezembro você estiver em Veneza eu também estarei.

Sem dúvida você pensa que esse é um documento inofensivo.
Por que faz meus pulmões derreterem de raiva.
Especialistas da física concordam

que há algo misterioso sobre o princípio do universo.
A *aparência de ajuste fino* dizem precisa ser explicada
Olhando pra trás, tudo parece tão em ordem.

Quantas cartas dele terminam com *Me salve* ou *Não desista*.
Por exemplo ao anunciar o nascimento do primeiro filho
e o casamento com a mãe da criança ele escreveu:

Isso é uma tragédia.

Há pessoas me seguindo. Assim como você disse.
Sinto profundamente a sua falta amo você pra sempre sinto muito por tudo. Foi tudo

tão rápido.

E assina como *Marido no Exílio*.
Até mesmo receber essa carta foi como ser violada
pela sua iridescência
a qual eu não conseguia manter fora de mim como fino pó de giz
entrava por todos os poros.

Minha filosofia de vida é que tudo é como parece –
a certa distância. Tanques nas margens da floresta.
Tanques nas margens da floresta.

A referência militar não foi por acaso.
Ele sabia como rimar cada verso
com um teste de virtude.

A única coisa que pode nos destruir agora é a sua covardia.

Testes incrustados de elogios.

Você é a única pessoa que eu temo.

Intrincados com encanto sexual.

Se você viesse por capricho me acalmar agora eu ficaria feliz.

E no coração de tudo isso,
a isca que faz da guerra um vício para algumas pessoas –
aquele cheiro gostoso o bacon da pura contradição.

Meu destino está em suas mãos. Mas não tenha pena. E não volte
para mim.
Essa é a nossa única chance de nos impressionarmos.

Então veja você

eu trabalho corrigindo o passado –
como Ray disse (título de uma de suas pinturas) *Eu e Meu Desejo sob as Estrelas Vermelhas* –

o que estava acontecendo naquela noite era como orquídeas sagradas de Afrodite, vermelho-escuro,
ou galhos de macieiras e o som da água gelada correndo entre eles na escuridão.

{Não pelo olhar e si}
{Não pelo olhar ardente em s talvez}
{Nem pelo olhar em i mesmo}

"The Jealousies: A Faery Tale,
by Lucy Vaughan Lloyd of China Walk,
Lambeth", escrito por cima dos versos 68-69

XXIX. IMPURA COMO SOU (MANCHAS DE COMIDA E VERGONHA E TUDO MAIS) ASSIM TAMBÉM SÃO MINHAS CONCLUSÕES QUE NA PORTA SENTEM SEU CHEIRO E HESITAM

Para tirá-las de dentro dela a esposa tenta fazer uma lista de palavras que nunca chegou a dizer.
Como você está.
Que surpresa te ver aqui.
Eu tinha perdido as esperanças fiquei desesperada por que você demorou tanto.
Seu monstro sem sangue! Se eu nunca
tivesse visto ou conhecido sua
gentileza o que
eu poderia
ter sido.
Mas as palavras

são trigo do tipo estranho e dócil não é, elas se curvam
até o chão.
O fato é,

ninguém perguntou. Bem Ray teria perguntado.
Então pelo Ray vamos acabar com isso de uma vez.
Não porque, como Perséfone, eu precisava deitar meu rosto na morte.
Não, com Keats, ganhar tempo.
Não, como o tango, por pura devassidão.
Mas ah como parecia ser doce.

Dizer que Beleza é Verdade e pronto.
Em vez de comê-la.
Em vez de querer comê-la. Essa foi minha simples ideia inicial.

Eu deixei passar uma coisa.
Que o belo quando eu o encontrasse já teria sido
desde antes – dentro do meu próprio coração,
comido.
Não lá fora com propósito, com templos, com Deus.
Dentro. Ele já era eu.
Condição de mim.
Como se Kutuzov se visse atacando o campo de batalha em
Borodino
na direção –

não do imperador Napoleão mas de um certo rei o velho Midas
cujas armas
transformou metade do exército russo em meninos amargos
feitos de ouro.

Palavras, trigo, condições, ouro, mais de trinta anos tudo isso
borbulhando em mim –
lá
eu enterro tudo.
Você sorri. Eu penso
que você vai mencionar de novo
aquelas iluminuras da época medieval manuscritos nos quais o
escriba
na cópia cometeu um erro
então o iluminador envolve o erro
com um círculo de rosas e chamas

que um diabinho atrevido está tentando arrancar do canto da
página.
Afinal de contas o coração não é uma pequena pedra

que pode ser rolada de um lado pro outro.
A mente não é uma caixa
que pode ser fechada de uma vez.
E ainda assim é!
É sim!

Bem na vida existem riscos. O amor é um deles. Riscos terríveis.
Ray teria dito
O destino é minha isca e a isca é meu destino.
Em uma noite de junho.
Aqui vai meu conselho,
mantenha.

Mantenha a beleza.

Oh Ilha pilhada pela Militaria

[palavras riscadas no vidro de um aposento, em Newport, e encontradas por John Keats na noite de 15 de abril, de 1817]

MARIDO: EXERCÍCIO FINAL DE CAMPO RECORTE OS TRÊS RETÂNGULOS E OS REORGANIZE PARA QUE OS DOIS COMANDANTES ESTEJAM MONTADOS NOS DOIS CAVALOS

Dói estar aqui.
"Você é aquela que escapou."
Contar uma história sem contá-la –
querida sombra, escrevi isso lentamente.
Os começos eram dela!
Meus os fins.
Mas tudo volta
para uma lua azul de junho
e uma noite maculada como diriam os poetas.
Alguns tangos fingem ser sobre mulheres mas olha isso.
Quem é que você vê
refletido pequeno
em cada lágrima dela.

Olha pra mim virando essa página agora desse jeito você pensa que é você.

REFERÊNCIAS

"... em nossos dias desprovidos de imaginação, com *habeas corpus* em mãos, sem qualquer espanto, curiosidade e medo..."

JOHN KEATS,
resenha de *Richard III*, na revista *Champion*, em 21 de dezembro, de 1818

Foram feitas referência às seguintes obras e autorias:

Tango I: Richard Selzer, *Down from Troy* (William Morrow, 1992), 157.
Tango II: Homer, *Iliad*, 6.496.
Tango III: Charlotte Brontë, *Jane Eyre* (London, 1847), 146.
Tango V: Kenzaburō Ōe, "Portrait of a Post-War Generation," in *Teach Us to Outgrow Our Madness* (New York, 1977); Johann Sebastian Bach, Cantata, *BWV*, 56; Rev. 7.15-17.
Tango VIII: *Babylonian Talmud Eruvin*, 54b; Jean Baudrillard, *Forget Foucault* (New York, 1987), 34; Stobaeus, *Florilegium*, 420.65.
Tango IX: "The Homeric Hymn to Demeter," in *The Homeric Hymns*, ed. T. W Allen and E. E. Sikes (London, 1904).
Tango X: Georges Bataille, *La Part maudite* (Paris, 1967).
Tango XI: Plato, *Phaedrus*, 264; W G. Hale and C. D. Buck, eds., *A Latin Grammar* (University of Alabama, 1903), 581a.
Tango XIII: JOHN KEATS, "The Eve of St. Agnes".
Tango XVII: John Keats, "The Poet"; JOHN KEATS, letter to George and Tom Keats, December 30, 1817, in F. Page, *Letters of John Keats* (New York, 1954).

Tango XVIII: John Keats, letter to Benjamin Bailey, March 13, 1819, in *Letters of John Keats*, ed. Robert Gittings (Oxford, 1970).
Tango XX: John Keats, "The Eve of St. Agnes"; Aristotle, *De memoria et reminiscentia*, 45238-16.
Tango XXI: Claude Lévi-Strauss, *Tristes tropiques* (Paris, 1955), 393.
Tango XXII: Johan Huizinga, *Homo Iudens* (Lund, 1950); Nelly Sachs, letter to Paul Celan, March 10, 1958, in *Paul Celan, Nelly Sachs: Correspondence*, trans. C. Clark (Riverdale-on-Hudson, 1995); Parmenides, fr. 5 (Diels-Kranz).
Tango XXV: Thucydides, *History of the Peloponnesian War*, 7.42-59.
Tango XXVI: Samuel Beckett, *Endgame* (London, 1958).
Tango XXVII: *Anima* is a technical numismatic term used to designate the base kernel of a counterfeit coin. See Leslie Kurke, *Coins, Bodies, Games and Gold* (Princeton, 1999), 54n.27.
Tango XXVIII: John Keats, letter to Charles Brown, November 30, 1820, in *Letters of John Keats*, ed. Robert Gittings (Oxford, 1970).

Edições brasileiras usadas na tradução:

Tango II: *Ilíada*, de Homero, tradução de Carlos Alberto Nunes, Nova Fronteira, 2021.
Tango III: *Jane Eyre*, de Charlotte Brönte, tradução de Fernanda Abreu, Penguin-Companhia das Letras, 2021.
Tango VIII: *Esquecer Foucault*, de Jean Baudrillard, tradução de Cláudio Mesquita e Herbert Daniel, Rocco, 1984.
Tango IX: "O hino homérico a Deméter" in *Hinos homéricos*, tradução de Flávia Regina Marquetti, editora UNESP, 2010.
Tango X: *A parte maldita*, de Georges Bataille, tradução de Júlio Castañon Guimarães, editora Autêntica, 2013.
Tango XI: *Fedro*, de Platão, tradução de Maria Cecília Gomes dos Reis, Penguin-Companhia, 2016.

Tango XIII: "Véspera de Sta. Agnes", de John Keats in *Nas invisíveis asas da poesia*, tradução de Alberto Marticano e John Milton, Iluminuras, 2021.

Tango XXI: *Tristes trópicos*, de Claude Lévi-Strauss, tradução de Rosa Freire Aguiar, Companhia das Letras, 1996.

Tango XXII: *Homo ludens: O jogo como elemento da cultura*, de Johan Huizinga, tradução de João Paulo Monteiro e Newton Cunha, Perspectiva, 2019.

Tango XXV: *História da guerra do Peloponeso*, de Tucídides, tradução de Anna Lia de Amaral Almeida, WMF Martins Fontes, 2013.

Este livro foi editado na cidade de
São Sebastião do Rio de Janeiro e impresso
em março de 2024 com as fontes
FreightText Pro e Stratos, em papel
Pólen bold 90 g/m² na gráfica Margraf.